막 도착한 택배,

희망

막 도착한 택배,

희망

장은경 시집

우리의 힘겨운 삶에
상처를 버티고 아픔을 건너
오래도록 기다린

Atto Book

목차

2부 인내의 꽃

3부 샤론의 꽃

4부 성에꽃

들어가는 말

'결핍의 힘'을 아시나요?

태어나면서부터 주어진 것이 아무것도 없는 사람들이 느끼는 결핍에 대한 두려움,

부모와 사람들로부터 애정, 관심, 물질적 지원, 정서적 지지를 받지 못함으로 오는 불안감,

이러한 감정들로부터 받은 상처를 극복하고 오히려 열등감에서 강한 열정을 끌어내어

긍정의 힘을 발휘하는 것을 '결핍의 힘'이라고 생각합니다.

저의 삶에서도 많은 결핍이 힘이 되어 오히려 저를 성숙하게 만들었습니다.

일 년에 몇 번 오는 신랑의 부재로 인한 힘겨운 육아, 경제적 어려움 등을

나태나 포기, 또는 방종으로 채우지 않으려고 애썼습니다.

혼자 두 아이들을 키우면서 일도 하였습니다.

무척 힘들었지만 견디다 보니,

삶의 언저리에 인내의 꽃들이 피기 시작하였습니다.

아직 열매는 열리지 않았지만 언젠가 행복의 열매가 맺

혀지겠지요.

사실, 시가 무엇인지도 잘 몰랐습니다.

그저 멍할 때, 마음이 아플 때

기도하는 마음으로 글을 쓰곤 하였는데 그것이 시가 되

었습니다.

저에게 있어 시는 희망이었습니다.

오래 전에 써 놓았던 시를 다시 읽으면 가슴이 젖어오는

것을 느낍니다.

그때의 상황이 떠올라 '잘 견디어주었구나'라는

짠한 마음과 왠지 모를 희망이 차오르기 때문입니다.

우리의 힘겨운 삶에 상처를 버티고 아픔을 건너 온

'희망'을 여러분 가슴에도 배달하고 싶습니다.

희망을 잃지 않고, 희망이 주는 행복감으로 하루를 살면
좋겠습니다.

때마다 사건과 사람을 통하여 사랑하심을 알게 하시고
다양한 환경 속에서 희망을 품게 하신 하나님의 은혜에
감사를 드립니다.

오늘이 가장 감사하고 행복한, 장은경

1부

혼자 피는 꽃

혼자 피는 꽃

비 가라앉은 공기처럼
하루를 맑게 보내고 싶다

이전 날들의 아픈 기억 다 잊고
투명한 가을바람처럼
하루를 가볍게 살고 싶다

세상 구석구석 숨어있는
사랑 찾아 꿈 키우며
하루를 부지런하고 헛되지 않게,

손바닥만 한 구름만으로도
고난을 희망으로 바라볼 수 있는
긍정의 눈으로
저 푸른 나라 가는 날까지

하늘 향해 웃는

청초한 꽃이고 싶다.

소녀의 꿈

반지하방 멍청히 앉아
초원을 뛰노는 소녀

까만 밤 수놓은
별 하나, 별 둘 세며
별 꼬리 따라가는
저 소녀는 누구인가

허기진 창문 열고
들어오는 바람 먼지
툭, 툭 털고 일어서는
여인의 눈망울이로구나.

물구나무

뒷골 당겨 물구나무 섰다
피도 거꾸로 돌기 시작했다

생각대로 펼쳐진다면……

이렇게 올려다보니
하얗게 내려앉아 강인해 진다

내려놓아야 채워지는
발가락이 하늘을 움켜쥔다.

배워야 하는 사랑

중심도 없이 사랑에 빠져
길 잃어버리고

절제도 없이 사랑에 끌려 다니다
자기도 망가뜨리고

사랑이 뭔지 모르는 거야
사랑도 배워야 하는 거야

서로 존중하며 책임져주는 것
온유하며, 오래 참는 것
영원히 지켜 주는 것

그래서 쉽지 않는 사랑
그래서 배워야 하는 사랑.

사랑으로

온통 앙상하고 하얀 계절

마음 얼어버릴까

사랑의 불을 지핍니다

잘 지내고 있을 텐데

혼자 가슴 저리며

그리움 날리고 있네요

특별히 그리운 이 있더라도

가슴앓이 하는 이들

외롭고 고독한 그들

님의 다른 모습인줄 알고 사랑하렵니다.

굳이 웃지 않아도

배려를 위해 숨긴 진실로
아파하지 않아도 돼

내가 아닌 나를 위해
흘리던 눈물도 멈추고
굳이 웃지 않아도 돼

진실하기 위해
또 다시 진실을 숨길 필요 없어

얇은 책임감으로
꿋꿋할 필요는 더더욱 없어.

약속의 무지개

하늘은 모든 사람이 보고 있어도

늘 푸르게 비밀을 지켜줍니다

아무에게도 들키지 않도록

예쁜 감정들

빨, 주, 노, 초, 파, 남, 보

아무런 욕심도

어떠한 시기도 타지 않는

하늘만의 마음으로

약속의 징표 무지개를 띄워줍니다.

하늘을 보자

삶 속엔

구석구석 중요한 것들이

숨어 있지

참 기쁨이라든가

참 소망이라든가

고난 속에 깨닫는

진실 된 진주 같은 것

살아가면서

아픔이 보석되는

이런 것들을 찾아야지

맘속에 깊은 감동이

삶으로 연결되어 찾은 보화들이

아름다움으로 밀려올 테니까

하늘을 보자

그리고 사랑을 하자.

막 도착한 택배, 희망

어제의 고단함이 채 가시지 않아도
오늘 눈부신 햇살에 눈 떠야 해요

하늘 아래 새로운 것은 없기에
나에게만 찾아오는 것 같은
힘겨움, 외로움에 낯설어 하지 말아요

절망의 껍질을 깨고
버티고 애쓰는 자에게 비로소 찾아오는,

우리의 힘겨운 삶에
상처를 버티고 아픔을 건너
오래도록 기다린 막 도착한 택배,

"희망!"

오늘을 살아낼 기쁨이며

내일을 꿈꿀 꿈입니다.

주홍 글씨

주홍 글씨 가슴에 달고
사랑의 꿈을 꾸어봅니다

들로 산으로
미소 가득 머금고
행복 나라 맘껏 머물다

주홍 글씨 떼고
다시 제자리 돌아옵니다.
날 새기 전에.

둘이서

"혼자는 외로워 둘이랍니다"

이 글귀가 나를 온통 흔듭니다
난 혼자가 아닌데
늘 혼자입니다

사랑의 대상이
그리움의 대상이 아닐진대

개나리 만발하고 벚꽃 흩날리는
봄 길을 걷고 싶습니다

둘이서.

나오자

문제에 빠져있으면

문제를 보지 못하고

환경에 매여 있으면

환경을 보지 못하고

사랑에 헤매면

사랑을 할 수 없다

나오자!

하늘은 웃고

구름도 기쁘다

늘 열려져 있는 곳 향해

마음을 열자

희망이 별처럼 쏟아진다.

밀물

밀물이 기쁨을 데려다 놓고
슬픔을 데리고 갔습니다

기쁨은 바윗돌에
사랑을 속삭였습니다

사랑은 모래알에
약속을 새겼습니다

약속은 새들에게
행복을 물어 주었습니다.

애쓰는

마음이 왜 이런지

봄 날 피어오르는 아련한 아지랑이처럼

일렁이는 이 느낌

흐려지는 눈빛에 맺힌 이슬

사랑도 못하면서

사랑 하려고 애쓰는…

그 사랑이 왜 이리 힘 드는지

땅도 견디는데 견디어야지.

사실은

미워! 미워!

싫어! 싫어!

사실은

밉지도 싫지도 않습니다

미움이 곧 사랑이라 하지만

미움의 씨앗 없는

온유한 사랑이고 싶습니다

더욱 성숙한 모습으로

안 보이는 곳에서

말없이 사랑하고 싶습니다

때로는 조금씩 흔들릴지라도

아니, 많이 흔들리지만

중심 잡아 봅니다

사랑을 위해서.

코스모스 1

더 이상 견딜 수 없어

떨어질 수밖에 없는 너의 푸르름

빛의 마지막 배려로 겸손히 물들어

첫 강물 위에 파문 없이 내려앉은

여덟 손가락 꽃 잎

사랑 가득 담고 흐르다

바람이 흘려 준 어느 향기에

평온해진 너의 얼굴

유난히 밝은 빛 향한

꿈으로 지탱하는

사랑 받길 원하는 바로 너로구나!

살랑이며 손짓하는 궁정의 들꽃들.

코스모스 2

널 바라보며
거닐기도 벅찬데
살며시 걸음 멈추고 어루만지니
금방 발갛게 수줍어 하는구나

고운 너의 살결
투명한 가을바람 타고
우주에서 이곳까지 왔구나

오랫동안 그리던 임을 만난 듯
너의 숨소리 메아리쳐
가슴 흔들리는구나.

아침공기

반지하방 살이 10년 만에 이사 간
작은 이층집에서 맞이한 첫 아침
창으로 직접 쏟아지는 햇살

창문 열고 두 팔 올려 깊이 들이마신
아침공기 한 대접,

이 황홀함이 아침 식사로 충분하다

눅눅하고 습한 곳
하루 거반이 어두컴컴한 곳에서
아이들과 셋이
비좁은 틈을 타고 반사되는 빛을 쬐며
희망을 놓지 않음이 감사하다

지상에서 맞이하는 첫 아침의

이 감격에 세수를 하고

또 한 번 아침을 깊이 들이 마신다.

간이역

때 늦게 느껴야 하는
힘겨운 삶의 무게

삶의 여정이 다 그런 것이라며
'견뎌라!, 이겨내라!'
나에게만 속삭이는 것 같은,

살포시 눈 들어 보니
어디선가 불어오는 희망 바람

나머지 삶의 여정을 향하는
간이역 양 길에
살랑이며 손짓하는 긍정의 들꽃들.

왜 그랬을까

눈꺼풀이 무겁게 내려앉았다.

오늘 하루 애태워 최선을 다하지 않아도
굳이 힘주어 참지 않아도
힘들면 오늘 하루쯤 쉬어도 되는데

왜, 그때는
살을 깎아내면서도 최선을 다하라고
꾹 참아내야 한다고 했을까?

일상

동 트기 전 하루를 맞이하여

제일 먼저 대소변 어김없이 누고

한 시간 남짓 출근길 FM 93.9와 함께 하고

아침마다 기쁨 주는 톡 보면서

떡 한 조각, 군계란 하나, 사과 하나로 아침하고

점심엔 무엇을 먹을까 행복한 고민을 하고

일한 듯 논 듯 금방 하루 지나

퇴근 길 언니사무실에 들려 수다 떨고

홀로 저녁 챙겨 먹어도 외롭지 않고

운동 한 두 시간 하고

씻고 로션 바르면서 수고했다 하고

따뜻한 돌침대 누워 재미난 유튜브 보며

하루 감사기도 올리고 스르르 잠드는

일상이 행복하네요.

속은 시끄러워도!

양심

치아 썩지 않는다면

사탕 계속 먹었겠지

양심 두려움 없었다면

이 길 계속 걸었겠지

오히려 편해진 좁은 길을 향하여.

그리움

그리움은

사랑이 낳은 애물단지

마음은

온통 흔들리는 갈대이어도

그리움이 있기에

사랑이 소복이 쌓여.

꿈꾸는 가을

아름다운 가을
온통 동화나라 된 파스텔 세상
꼬집어도 아프지 않는 현실

멋스러운 가을
단순해도 행복한 인생의 가을을
시렸던 만큼 더 사랑하길 꿈꾼다.

2부

인내의 꽃

인내의 꽃

은은한 향기 흐르고
색색의 나비
거리 두고 돌기만 한다

오래 견딘 시간들
공간 찌르는 소리에 묻혀
마음 깊이 들어올 때
차라리 백합이 되고 싶었다

강열한 태양
커지는 심장 소리
깊이 삭히는 그리움

오래 견디어야 피는 사랑
인내의 꽃을 위하여.

오랜 외로움

생각과 마음을

다하지 못하는 아픔을

참을 수 있을까요

오랜 외로움이

세상을 이기는 힘이 되었어요

이젠

구름도 타고

별에서도 즐기는 여유 생겼지만

아직도

이젠 잘 살아보려고요.

능소화

가여운 것!

차라리 새가 되지
기어코 꽃이 되어
담장에 눌러 붙어
그리움 되었구나

미련한 것!

지킬 걸 지켜야지
스을 쩍 스쳤다고
온몸 뚝 버리는구나

독한 것!

홀홀 털어버리지

칭칭 감아 올라

목매 기다리는구나

다시 태어나거든

차라리 새가 되어

미련 없이 훨훨 날아가

사랑 찾아가거라.

하루를 견디었듯이

그 분의 말씀은

구속의 자유와

떨림의 평온을 줍니다

욕망이 달려가고픈 길에는

달콤한 것들이 널려 있습니다

먹고 나면 눈 열려

탄탄대로 달리다가

미끄러지는 길,

하루를 견디었듯이

한 달을 이기고

일 년을 인내하고

30년을 훌쩍 지나

오늘에 이르고 보니

열심히 살아왔네요

이젠 잘 살아보려고요.가

사랑 찾아가거라.

없는 자의 배려

있는 자의 자랑 그대로 받으려고
눈물 감추었더니
불편함으로 불그스레 뺨 타고 흘러 온

없는 자는 웃음이
왜 이리 화사하고 풍성한지

믿음 안에서
약한 자의 쓸쓸함은 온유가 되어
귀함을 더합니다

믿음은 사람을 타지 않고
홀로 이기는 힘을 주니까요.

약할 때 강함

말하지 않아도

보이지 않아도 느낄 수 있어요

고독을 견디는 그 여운이 밀려옴을

두려워서 승리하고

약해서 이겨요.

연인

말없이 늘 옆에 있는

언제나 어깨 내어 주는

다정한 연인

매일 밤

혼자여도 혼자가 아닙니다

약한 바람에도 흔들리는

갈대와 같은 마음

그 마음 모아

그대를 기쁘게 하고 싶습니다

따스한 아침

이 봄 다 가기 전에

그대와 손잡고 봄맞이 가렵니다.

두려움에 화들짝

몸이 나른하여

더 이상 견딜 수 없어

침대를 파고 들어갔습니다

아이를 들쳐 업고 뛰어야 하는데

한 발짝도 떨어지지 않아

두려움에 화들짝 눈 떴습니다

두 아이 양육에 과외까지

가장의 역할에 가위 눌려

도망도 못 갔나봅니다.

봄꽃 여인

철마다

제 색채로 피어나는

봄꽃 여인이 되어

화려하진 않아도 부드러운 핑크 진달래

우아하진 않아도 순수한 노란 개나리

약한 바람에도 화사하게 떨어지는 하얀 벚꽃

아! 봄바람 타고 싶다.

비우려면

비우려면 확실히 비우자

어설프게 비우면 그 찌꺼기가 부패하는 법

의도의 배려심은 이기심으로 바뀌기 쉬우니

비우려면 아낌없이 비우자

위장된 위함은 얼마못가 들통 나는 법

끼 있는 순수함은 투기를 일으키기 쉬우니

비우려면 끝가지 비우자

중간에 돌리면 아니 간만 못하는 법

속더라고 끝까지 믿어주면 신뢰를 얻나니.

가슴에 묻은

아무리 떠올려도 그려지지 않는
한 번도 보지 못한 그리운 얼굴

봄 아지랑이 그리움 간지럽히지만
한 숨으로도 보낼 수 없었던
가슴에 묻은 피지도 못한 내 아가

죄책감에 말도 못했던
두고두고 그리운 얼굴.

견딜 수 있어

헤어지자고 말하지 않고
이별 연습하는 것은
아름다운 여운 남아 좋아

언젠가 다시 볼 소망으로
깊은 눈 가득 찬 의지가
삶에 힘을 줘

무섭게 다가오는 무엇이
마음 흔들지만
하늘을 향한 고운 심정 있기에
견딜 수 있어.

터

흙은 생명의 터
자녀는 사랑의 터

불신은 미움의 틈
오해는 이기심의 틈

이해는 인정의 터
소통은 공감의 터.

쉴 걸

알차게 하루를 보내면서

두 끼나 굶었다

그래서 인지

많이 피곤했다

미래를 위한 일이라면

더 굶어도 힘이 솟을 것 같았다

종아리 붓도록 다녔어도

그 기쁨 사랑되어 삶을 밝히려고

몇 날 며칠을 더 걸을 수 있을 것 같았다

이렇게 살았는데……

그때 좀 쉴 걸 그랬다.

비

마음 밭에
사랑의 비가 와요
인내의 열매
온유의 열매
맺으라고

조용한 아침, 문 열고
창 밖에 내리는 비
투명한 채로 보고 있으니
그리운 추억이 떠올라요

기쁨의 가슴에 삼켜지는
그리운 비가 내려요.

겨울 잠

이 혹독한 시련
살기 위해 겨울잠이 필요해

아프고 깊이 멍든 마음이
삭아질 시간들

긴 겨울 살기 위해 잠자는
북극땅 다람쥐처럼

다시 일어설 꿈을 꾸면서
잠을 자는거야.

주인공

내 인생의 주인공은
내가 아니에요

내 중심에 살아계시는
그 분이에요

내가 주인공이었다면
제 삶이 이렇게 빛나진 않았을거에요

그 분이 저를
멀리 있어도 숨어 있어도
자꾸 드러내시네요.

꽃 잎 떨어져야

허공을 치는 소리는

허공에 묻혀

뜻 이루지 못하고

하늘 문 여는 소리는

보좌 흔들어

다시 마음으로 돌아오는 힘

기도!

꽃 잎 떨어져야

탐스런 열매 맺히듯

하늘 향하여 바쳐진 자아가

삶의 열매가 되는 것을.

여름 밤

깊어만 가는 여름 밤

고독도 뜨겁다

흐르는 저 강 상류 언덕에 서서

쏟아지는 별 사이

은하수를 보고 싶다

추억 더듬을 나이가 어디 따로 있으랴

꿈 그리다 떠오르면 추억이지

아직 길이 멀다

수차례 찾아온 이 밤

소망 가지며 애쓰고 있다

마음도 깊어 간다.

토한 것

좋은 것만 먹었어도

토하면 역하고

좋은 말만 들려주어도

욕하니 아프다

토한 것 마다 소화하느라

고생했겠구나.

사랑스런 무더위

지난여름까지 타지 않던
남의 콧잔등 땀만 봐도 부러웠던 더위

이번 여름, 겨드랑이에 땀이 흥건하다
사람이 된 것 같아 기분 좋다

무뚝뚝한 사내처럼 무뎌있던 감정도
작은 흔들림에도 까르르

사랑을 아는 사람이 되어가는 걸까
이 무더위가 왠지 사랑스럽다.

공부는 싫어

1, 2, 3, 4 싫어

기역, 니은, 디귿, 리을도 싫어

혼나도 공부는 싫다는

다섯 살 배기 아이

분위기 만들어 주려

일찍 도서관에 왔다

위인전 하나 꺼내

차분히 읽고 있는데

책 표지만 두 세 바퀴 돌더니

"엄마! 혼자 집에 갈래"

기가 막혀 그냥 웃어야 했다.

사람의 열매는

누구도 측정 못하는 것

30년 뒤 내다보며

차분히 이끌어 주리라.

열차 안에서 1

어린 딸과 아들

오징어 다리 하나 놓고

옥신각신 싸우더니

굴이 나올 때 마다

한 밤 지났다, 두 밤 지났다

아직도 멀었나 한다

과자 아저씨 지날 때마다

이것 사 달라, 저것 사 달라

그것도 지루한지

내가 더 커, 내가 더 커 키재기 하더니

5개 남은 오징어 다리 꼬옥 쥐고

골아 떨어졌다

친정 아쉬운 소리하러 가는 길

왜 이리 멀고도 먼지

재미있게 놀다 꿈나라로 떠난

아이들조차 서글퍼 보인다.

열차 안에서 2

깊은 푸르름 속을 달리는 젊음

10대들의 정열이 장미보다 붉다

마주보는 의자 사이에 서서

깨를 쏟고 있다

10년 뒤 지금을 보면

지금이 가장 젊을진대

저들이 마냥 부럽기만 하다

창 너머 아름다운 강산에

그리움이 스친다.

3부

샤론의 꽃

샤론의 꽃

담장 타고 올라

첫 이슬 보고파

달려온 보랏빛 나팔꽃

수수하면서도 개성 짙어

아침 일찍 피어나

미지의 세계 보려 빛 나라로 앞선다

나도 아침 밝히는 샤론의 꽃 되리.

장미

속치마 포개고 포개어
도무지 그 속을 알 수 없구나
너 또한 얼마나 답답하랴

예쁘게 보이려고
속앓이 피멍들어 붉게 터졌구나

차라리 다 드러내면
속이라도 편하지……

그래,
남들이 헤프다고 한들 어떠하리
그냥 다 보이고 편하게 살자.

사랑이 별 되어

사랑이 별 되어

가을 밤 하늘로 쏘아 내린다

까만 밤 하얗게 지새울 동안

밝아 온 하늘 위에서도

별빛은 그대로 총총하다

사랑이 별 되었기에.

삶의 보석

사람을 향한 갈망은 집착이 되어
안으로 차갑게 내리치고

웃음꽃 간데없고 삶 언저리에
엉겅퀴 흩어져있어도

그 속에
삶의 보석이 숨어 있기에
가시 헤치고 휘감아 치며
초록 생명력으로 다시 오른다.

결혼 10년 째

눈물의 진주 목걸이 달고
꿋꿋하게 버티는 나무

사랑이 필요하다고 고집할수록
더욱 외로운 겨울나무

비바람
눈서리
견디다 보면

새순이 나오겠지
꽃도 피겠지.

가을 밤

낮에 보았던 아름다운 단풍 빛까지
모두 흡수해 버린 까만 밤

홀로 지샌 날
홀로 지샐 날 보다
덜 하얄까?

보름 달 보며, 사랑 속삭임이
빨갛다.

사랑이 꿈틀

창문 열면 공기방울

흔들이는 꽃망울 되어

간지럼으로 꿈틀 물든다

스치는 사람의 눈길에도

놀러 간 이웃집 책장에도

거리의 예쁜 공중전화에도

아파트 속을 가르는 긴 전철에도

우뚝 선 자판기에도

큰 서점에도

교회 계단 국화화분에도

흠뻑 끌린다

가을은

온통 사랑.

그날도 비

창밖 소담한 화초들은

어둠 뚫고 침묵으로 비와 만나고

아련한 추억의 문 여니

아직도 거기에서 널 기다리는 날 만난다

풋풋한 그리움의 한 복판에서

그날처럼 그렇게 바라보다

너를 보낸다.

굶는 날

신랑 옷가지 꾸리고

어린 딸 아침 챙겨 줄 때도

굶었다

아무 말 없이 신랑 가버리고

오후 내내 학생들 가르쳤을 때도

굶었다

마지막 중3들도 다 가고

어린 두 아이 지쳐 잠에 곯아떨어지고

홀로 남았다

엉클어진 거실 대충 정리하고

일어서니 현기증이 났다

찬밥 더운 물에 꾸욱 꾹 누르는데

방울방울 눈물방울이

밥을 정신없이 먹었다

배만 불렀다.

체했던 거야

내 인생에 오늘은

3월의 마지막 날이 아니야

단 하나 밖에 없는 소중한 날이야

아들 찾으러 사방 다닐 때도

새까맣게 타드는 마음은 없었어

그 분의 지키심을 믿었으니까

놀이터 모래밭에 털썩 주저앉아

누가 버린 소화제 같은 알약을

잔뜩 주머니에 넣고 한 알은 먹었는지

입가에 묻은 채 날 보고 씩 웃는다

그제야

약도 얻어먹고 손도 따고

아랫집에서 채려 준 늦은 점심

믿었어도 체했던 거야.

사랑하나보다

떠날 준비도 없이
배 깔고 잠만 자다가 친구오니
잘 있으라는 말도 없이
아이들에게도 백 밤이라는 말만 남겨 놓은 채
차타고 떠났습니다.

정서적으로 영적으로도
공감대 없이 잘도 사는……

그래도 웃습니다
그러니까 기도합니다

사랑도 없이
사랑하나봅니다.

진이들

언니 딸 수진

오빠 딸 소진

내 딸 진

언니는 수진이가 제일 예쁘고

오빤 소진이가 제일 예쁘다고

난 아무리 보아도 울 진이가 제일 이쁜데…

그런데 우리의 엄마는

소진이가 제일 예쁘다고.

결혼기념일

"다시 태어나도
이 사람과 결혼할거에요"
라고 말하는 현이 엄마

저만치 큰 케이크 들고
환한 미소로 걸어오는

자기 신랑을
웃으면서 맞이합니다

'결혼기념일'이라고 합니다

서로 웃으면서 기념해야 하는
날인가봅니다

아이들 데리고

현관문 닫고 등을 기대었습니다.

풀꽃

풀로 태어나
꽃이 부러웠다

향기를 팔면
꽃이 되는 흔들림 속에서도

희망을 잃지 않고
풀 향기 꿋꿋하게 지켜
예쁜 풀꽃이 되었다.

다하지 못한 효

가끔씩 떠오르는

다 하지 못한 효

가슴을 훑어 내린다

하늘에서 아버지 보시는 것 같아

작은 행동에도 옷매무새를 단정히 하게 된다.

낙엽사랑

스산한 바람에
아직은 따스한 햇살이
낙엽들 바람나게 한다

눈물 나도록 보고 싶은 얼굴
애써 지우기도 눈물 난다

늘 곁에 있음을
알고 느끼기도 하는데
더 바라고 싶은 욕심
마음에도 부끄럽다

사랑이 예쁜 색채로
엷은 바람에 함께 나뒹군다

사랑은

그런 것인가 보다.

신의 축복

들녘 황금물결

감사의 빛으로 온 몸 스며든다

저마다의 자존감!

감은 감색으로

포도는 보랏빛으로

호박은 누런빛으로

사과는 사과빛으로

신의 축복이다

우리의 얼굴도

서로 보며 웃는다

하이얀 이 드러내며

먹을 때마다 가을이 싱그럽기만 하다.

꿈

깨어 있어야 하는 것은
꿈꾸기 싫어서가 아니라
꿈을 실현시키기 위해서에요

님의 비전이 꿈이 되는 것은
행복이니까요

힘들게 오랜 시간 땀 흘려도
꿈 이루기 위한 즐거움,

영원히 만난 날 손꼽아 기다리며
깨어있고 싶은 것은
사랑에 빠졌기 때문입니다.

곯은 열매

건실한 나무에 달린

곯은 열매 하나,

힘없이 주인의 손에 떨려나가요

나머지 열매를 위해

기억하고 싶지 않은

누구나 갖고 있는 아픈 과거 하나

이제는 떨치고 나와야 해요

나머지 건강한 삶을 위해.

우린

가장 연약한 부분을
은밀하게 타고 들어 온
시험을 이기게 하시는 힘은
님의 사랑

육신의 연약함 견디기 위해
피곤케 하지만
더욱 건강 주시는 힘은
님의 말씀

이제 남은 것은 평온함과
님을 사랑하는 동일감
슬픔은 슬픔으로
기쁨은 기쁨으로

위를 바라보며

맑은 눈으로 깊은 대화 나누는

우린 친밀한 사이.

솔향기

그 깊은 주름살

치아 하나 없는 검은 잇몸

온 몸에 퍼져 있는 검버섯

오락가락 했던 말 잊고 또 해도

그 연륜이 귀하기만 한데

어두컴컴한 지하방에서

기다리고 기다리신 어르신,

귀신같은 늙은이

더러운 피부

추한 노파 찾아주어 고맙다며

두꺼비 같은 손으로 훌쩍이신다

젊음은 소나무처럼

늘 싱싱할 것 같지만

어김없이 세월은 꽃처럼 시들게 한다

주어진 삶 속에

아름다움으로 채워나간다면

우아한 노년의 겉모습으로

늘 푸른 솔향기 낼 수 있으리.

길

여기까지 험한 길

멀지 않고

부끄럽지 않게

지금까지 힘든 길

어렵지 않고

지치지 않게

이 순간까지 외로운 길

은은한 향기로

아름다운 삶의 꽃 피우도록

지켜 주신 것 감사해요

앞으로 갈 길

감사와 행복으로

사랑하며 가게 하소서.

하늘 언어

마음을 하얗게 비우니
당신의 뜻으로 채워 주소서

사람의 이성에서 나온 것이 아닌
하늘에서 나리우신 사랑의 언어

아픈 마음에 위로가 되고
두려운 눈빛에 믿음이 되고
떨리는 입술에 진실이 되어
평안함을 주는 하늘 언어를 주소서

혼자라고 느끼는 사람들에게
혼자가 아니라는 것을 알게 하는
마음을 녹이는 하늘 언어로
당신의 사랑을 전하게 하소서.

4부

성에꽃

성에꽃

아기 볼 비비는 그 느낌으로
새싹을 스친 바람 귓볼에 머물고

겨우내 잠긴 창문 열어
묵었던 한숨 터뜨려 숨통 틔우며

가난한 창에 피었던 찬란한 성에꽃
서서히 흘러내리는 어느 봄날,

허기진 그리움 파고 사랑 심어요.

꿈나무

눈서리 비바람 속에서도
싹틔울 준비에 분주하다

그토록 잔인한 4월의 땅을 뚫고
새파란 고개를 들이밀 듯이
혹독한 생활고 속에서
희망의 싹을 틔울 준비로 분주하다

그토록 잔인했던 30대
그 젊음의 목마름을 지나
견고히 나온 삶의 새순에 가슴 벅차다

60대를 향하여
나무는 꿈을 꾼다.

멍

가슴에 더 이상 퍼질 때 없어
머리로 스며든 멍
한 해가 가기 전에 풀어야 하는데
눈물로 희석해도 풀어지지 않습니다

사람에 대한 욕심 다 버리고
하늘 향해 다시금 부르짖습니다

소리 없이
위로 나리시는 위로만이
하얀 마음 돌려줍니다

엄마의 멍이 아이들에게
더 큰 상처 될까
내색도 없이 오래 참아봅니다

고통 속에 쪼개어드는 빛에

새 힘을 얻습니다.

등경 위 등불

꼭 있어야 할 곳에
꼭 필요한 때에 없을지라도

우리의 삶은
육으로만 채워지는 것 아니니
영적인 안식처
영원히 거할 곳 생각하니
외롭지만은 않다

외로움은 젊음의 한 조각
친화력으로 승화시켜
등경 위 등불이 되리

온 세상이 나로 인해
조금이라도 환해진다면

그 분도 기쁘시겠지.

가을 꽃

봄부터 숨죽여 울부짖더니
드디어 가을하늘 아래 여린 입술 벌려
쓰러져도 쓰러지지 않을 꽃

시간을 이겨도 이겨도
사라지지 않는 소녀의 순정
문득 저려와 사랑이 필요한 계절

검소하고

소박하고

청초하고

강인한 기품을 가진 순애보
나의 분신 코스모스

가을바람에 한들한들

양 길 가득 행복 담아

기쁨 퍼지길 간절한 마음뿐입니다.

오늘

만질 수 없고

가질 수 더욱 없어도

설레고

기쁘고

웃고

무엇보다도

건강하게 하며

선별된 삶을 살도록

값없이 주신

선물!

비타민

"행복한 아침!"

아침마다 배달되는
두 어절의 비타민

입가에 미소
설레는 마음

"아자 아자, 행복하자!"

희망이 퍼지는
기분 좋은 하루.

84 친구들

세상에 우연이란 없어

동문이라는 이름으로 만나

처음부터 어색하지 않았던 동기들!

30년 이란 세월이 무심하지 않았어

그 동안 어떻게 살아왔는지 지금 무엇을 하는지

중요하지 않은 그냥 반가운 친구들!

한 번 만나고 또 만나면서

더욱 살가워지고 보고 싶어지는

여자도 남자도 아닌 소중한 인연들!

주머니 비어있어도 마음 한구석 아파도

살피고 보듬어 늙어도 외롭지 않을

죽어서도 우정을 나눌 영원한 친구들!

고맙고 사랑해.

밥 먹으러

정오 전화 울리는 소리
"여보세요" 하기도 전
첫소리 강조한 떨리는 목소리
"밥 먹었나"

85세 되도록
한 번도 아프지 않은 날이 있었으랴마는
단 한 번도 내색하지 않으셨는데
작년 겨울 목욕탕에서 쓰러지신 후
집중치료실에서 의식 없이 지낸 한 달
일반 병동에서 또 한 달
그리고 급속도록 약해지신 아버지,

순간 침 꿀꺽 삼키고
울컥한 맘 들키지 않으려고

짧고 간결한 음성으로

"예"

이 한 마디에 안심하셨는지

"그래, 잘 먹고 건강 해라이"

뚝 끊어진 후에 긴 여운 타고

밀려오는 서러움 그리고 자책,

더 쇠약하시기 전 비행기라도 태워드려야 할 것 같아

"아버지 여행 가실래요?"하면

"난 아무데도 안 간다. 너희들 어렸을 때 한 번도

델꼬 어디 안 갔는데 무슨 낯으로……"

보고 싶으셔도

군포에서 태백까지 고비고비 길 위험타고

"오지 마래, 오지 마래"

그리움 끝내 못 참고 연한 떨림으로

"밥 먹었나"로 대신

8살 어느 겨울, 외가댁 예천 가는 길

춥다고 목마 태워 주셨을 땐

고사리 손으로 시린 귀라도 잡아드렸는데

죄송해요 아버지, 밥 먹으러 갈게요,

조금만 기다려 주세요 했는데,

결국 못 드시고 하늘나라 가신 아버지.

이것도

열병도

화병도

믿음으로 참기만 했네

이젠 화도 낼 거야

사랑도 할 거야

이것도 믿음으로.

사랑으로 오심

아픈 곳 만져주시고
혹 부끄러운 점 드러내어
떳떳하게 해 주시던
그 사랑 감사하여

떠나신 날
천둥 번개 치는 줄도 모르고
울었습니다

고통이 넘쳐
누굴 믿고 사나 흔들릴 때
슬픔이 흘러
어떻게 해야 하나 주저할 때

어깨 하나 빌릴 곳 없고

목 놓아야 할 곳 하나 없어

그렇게 몇 밤 보냈습니다

위로의 힘이 되어줄 영원한 사랑

그 분 오신 이브 날

세상이 하얀 줄도 모르고

울었습니다

속이 시원했습니다.

선한 영향력

이름 모를 꽃까지도
저마다의 색채와 향기가 있다

색이 있어 꽃이라 불리지만
향기 있어 자존감 피어난다

나비와 벌이 찾아드니까

나의 존재감
나의 자존감으로
선한 영향력을 끼치게 하소서.

갈릴리 호수

갈릴리 호수에서
감자 튀겨 먹던 시절

베드로가 고기 잡던 곳
주님을 만나던 곳

믿음도 작고
말씀의 느낌도 작아
눈으로만 보았던 갈릴리 호수,

다시 한 번 더 간다면
가슴으로 흠뻑 들이켜
깊은 감사로 만나겠습니다.

그때엔

젊은 날의 깊은 깨달음이
교만 될까 두렵습니다

순하고 온유한 양 되고파
마음 열어 하늘 향하지만
붉은 피 너무 뜨거워
푸른 하늘 저 너머 있는 새로운 세상
보지 못할까 두렵습니다

그럴지라도,
사랑할 땐
흠뻑 사랑하고 싶습니다

날이 많이 흘러
삶의 주름살 깊어질 그때엔

그대의 이름을 당당하게 부르렵니다

그대의 넓은 품을 믿기에.

구별된

주께서 탓하지 않을 일에
깊은 죄의식 갖지 않게 하소서

주의 뜻도 아닌데
주의 뜻으로 깨달아
심히 고민하고 걱정하지 않게 하소서

작은 일에 마음 들이고
큰일에도 마음 더하도록 하소서

지금부터 다시 태어난 영으로
담대하고 분별력 있게
사랑 전하며 거룩한 삶 되게 하소서.

순결한 맘

양심이 허락하지 않아도

마음이 가는 걸

그 사랑에 한없이

세상 소라껍데기 같아

그 속에 안주해야 되는데

깨고 나올 용기조차 없어

응어리 진 마음만 굳어간다

당신의 힘으로

깊은 뜻 받들어 가식 없이

위에서도 땅에서도

순결한 맘 갖게 하소서.

여름성경학교

어린이 천국잔치

재미있는 만화도 물리치고

찜통 속으로 몰려온다

기도 시간 눈 뜨고

말씀 시간 떠들어도

순수한 영혼들이라

하늘 문이 열리는가 보다

지쳐 돌아온 몸

낡은 침대에 늘어지지만

어느새 동심으로 돌아갔는지

순수한 영혼에 기쁨 샘솟는다.

진리가 너희를

초록빛 신호등에도
좌우 살펴야 하는 세상

끈끈한 부자지간에도
서로 경계하며 눈치 보아야
살 수 있는 세상

버려져야 생명이라도
건질 수 있는 세상

오직
한 줄기 빛 되신
그 분의 진리 안에서
참 자유 얻기를 간절히 기도합니다.

눈 뜸

가을 빛 스며들면

겨울, 봄, 여름 내 참았던 울분

터져라 터져라 빨갛게 쏟아내고

가을바람 스쳐 가면

버티어 선 흔들림

쓰러질 듯 쓰러질 듯 힘겨워도,

이 가을이 그리운 것은

눈 뜸입니다

못 다한 사랑이

쓰디 쓴 아픔으로

사랑의 눈을 뜨게 했기 때문입니다

그동안 사랑하지 못하고 산 것

이 가을에 용서 구하오니

사랑하게 하소서.

내 나이가 좋아

15년 전, 우연히 만난 어느 여인
너무나 귀티 나고 예뻐서 나이를 물었더니
50이라고 해서 깜짝 놀랐다

나도 20년 후에 저렇게 우아하게
나이 먹을 수 있을까 생각했었다

세월은 참 빠르다
벌써 50대 중반을 지나고 있으니 말이다

그 험난한 세월 몸 어디엔가 쌓였을 텐데
온화한 얼굴로 해바라기같이 하늘 보고 있으니
얼마나 다행이고 감사한가

고난도 외로움도

그 분의 등 뒤에서

어려워도 고독해도 잘 지냈으니

세월 속에 부으신 은혜가 얼마나 깊은가

지금까지 순간순간

선별된 삶으로 살게 하신 것

눈물겹도록 감사할 뿐

지금,

제 나이가 좋사옵니다.

거름

더럽고 냄새나는 똥

오래 묵혀 땅에 뿌리면

거름되어 뿌리에 양분된다

정결치 못했던 못된 행위들

조목조목 깊이 회개하면

성화되어 삶에 성숙을 더한다

피하는 것만이 능사가 아님을 알아

고백하고 더욱 충성하면

신앙의 뿌리에 좋은 거름되리.

그 세계로

주님의 은혜가 마음 속 깊이 뿌리 내려

새로운 은혜의 싹이 파랗게 돋아요

욕심은 뿌리를 상하게 해요

질투는 새순을 꺾어 버려요

욕심과 질투에 요동쳐도

그 자리에서 늘 푸르름으로

아름다운 세계로 이끌어주세요.

주홍 죄

두렵고 쓰라린 마음
모두 드립니다

보혈로 죄 깨끗케 하시고
그 고난 당하시며 주신 구원

깊은 샘물까지 드러내며
엉엉 울며 받았던 성령을,

담대하고 감사하는 마음으로
마음에 모셨습니다

떡으로 포도주로
주홍 죄 눈같이 됨을

사랑의 힘으로

영원히 순결하렵니다.

님의 나무

참 빛 되신 큰 별
은방울, 금방울, 홍방울
상록수 가지 끝마다 달리어
서로의 세계로
꿈을 머금고 달린다

초록 가지 침 위에
소복이 눈 쌓이고
고아원과 양로원은
훈훈하고 넉넉한 사랑방이 된다

빨간 비단에 금줄 리본 맨
사랑의 선물 꾸러미
아이들의 산타 오시길
양말 걸고 꿈을 꾸고

세상을 휘감듯 감아 친

깜박이 불 빛

사랑의 빛으로 밤을

하얗게 메아리친다.

〈막 도착한 택배, 희망〉 장은경 시인의 시평

오 동춘 : 문학박사, 시인, 짚신문학회 회장

장은경 시인의 신축년 새해 두 번째 시집 〈막 도착한 택배, 희망〉을 상재(上梓)한다. 98편의 시를 네 갈래로 갈래 짓고 삶의 체험과 신앙정서가 잘 승화된 작품들이 모두 미적 감각을 잘 드러내고 있다. 장은경 시인은 2017년도에 청소년 자살 방지를 위한 따뜻한 마음의 첫 시집 〈이리와 안아 줄게〉를 펴낸 바 있다 이번 두 번째 시집 〈일상〉의 작품에서 하루하루 행복을 느끼며, 삶의 기쁨을 노래하고, 〈삶의 보석〉시에서 엉겅퀴 같은 세상 속에 자신은 〈삶의 보석〉을 찾는 노력을 하고 있다고 말하고 있다.

장은경 시인은 순박한 강원도 황지 시골 출신이다. 결혼을 하고 곧 이스라엘에 가서 키브츠 생활을 하며 근면, 자조, 협동정신을 잘 터득하고 귀국했다. 경기도 군포시에서 '군포시니어클럽' 관장으로 노인일자리복지 증진에 심혈을 기울여 땀을 많이 쏟았다. 그리고 지금은 '농촌·청소년미래재단'에서 청소년지도 양성에 열심히 일하고, 그런 바쁜 중에도 틈틈이 시간을 마련하여 생활체험과 신앙중심의 시작품을 98편 창작한 것이다.

시집 앞에 내세운 〈혼자 피는 꽃〉은 장은경 자신의 모습이 비춰진 자화상을 보여 준다. 그 시작품을 살펴보자.

비 가라앉은 공기처럼/ 하루를 맑게 보내고 싶다/ 이전 날들의 아픈 기억 다 잊고/ 투명한 가을바람처럼/ 하루를 가볍게 살고 싶다/ 세상 구석구석 숨어있는/ 사랑 찾아 꿈 키우며/ 하루를 부지런하고 헛되지 않게,/ 손바닥만 한 구름만으로도/ 고난을 희망으로 바라볼 수 있는/ 긍정의 눈으로/ 저 푸른 나라 가는 날까지/ 하늘 향해 웃는/ 청초한 꽃이고 싶다.

-〈혼자 피는 꽃〉전문-

산과 들 아니면 집안 담장 밑에 저 혼자 피어 있는 꽃을 마음에 그리며 이미지를 감각적 시어를 잘 구사한 작품이다. 옛시조에 나오는 오상고절(傲霜孤節)에 지조를 지키는 국화로 미루어 볼 수 있다. 산과 들에 홀로 핀 이름 모를 꽃일 수도 있다. 그 꽃과 장은경 시인은 물아일체(物我一體)의 경지를 이루고 하루를 맑게 부지런하게 헛되지 않게 살아가며 고난도 희망과 긍정의 인생으로 저 푸른 나라 곧 하늘나라 하나님 품에 가는 그 순간까지 살기를 원한다. 장은경 시인은 시의 끝 연에서 하늘을 향해 웃는/ 청초한 꽃이고 싶다/라고, 시인의 의지와 사상을 순수하게 고백하고 있다. 혼자 피는 꽃은 청초한 꽃으로 사랑을 가슴에 품고 기도와 믿음 속에 한평생 살아가겠다는 시인의 굳은 신앙심과 결연한 삶의 의지가 시의 사상으로 잘 승화되어 시의 미적 가치와 함축미가 조화를 잘 이루고 있다. 바로 장은경 시인 자화상 작품이다.

신약성경 갈라디아서 5장 22절과 23절에 사랑, 희락, 화평, 오래 참음, 자비, 양선, 충성, 온유, 절제 9개의 성령열매가 나온다. 그 중에 오래 참음이 바로 인내에 해당된다. 이 인내를 시인은 〈인내의 꽃〉으로 형상화 했다.

오래 견딘 그리움/ 공간 찌르는 소리에 묻혀/ 마음 깊이
들어 올 때/ 차라리 백합이 되고 싶었다/

-〈인내의 꽃〉일부-

백합화는 여름철 여러해살이 꽃으로 줄기 끝에 나팔형
의 흰 꽃이 서너 송이 피는 꽃이다. 보통 온실에서 가꾸
는 화초로 꺾꽂이용으로 많이 활용되는 아름다운 꽃이
다. 이 아름다운 백합화를 〈인내의 꽃〉으로 장은경 시인
이 함께 동화하고 싶다고 한 것이다.

〈샤론의 꽃〉은 찬송가 89장 〈샤론의 꽃 예수〉 노래로 예
배 시에 부르고 있다. 이 샤론의 꽃도 북이스라엘 샤론지
방 평원에 번식하는 꽃으로 장미, 수선화, 백합화 등으로
성경에 번역되어 있다. 아가서 2장 1절에 "나는 샤론의
수선화요 골짜기의 백합화로다"로 기록되어 있다. 89장
찬송가 풀이에 보면 아이다 A 기리 여사가 아가서 2장 1
절을 근거하여 지은 찬송 가사로 솔로몬과 슬람미 여인
사이의 아름다운 사랑 노래로 영적으로는 교회의 머리
되신 그리스도와 교회를 상징하는 것으로 풀이 되어 있

다. 샤론의 꽃은 지중해 동쪽연안의 평야지대에 자라는 수선화를 말하며 그리스도를 비유하고 있다고 했다. 찬송 제목이 〈샤론의 꽃〉 예수이니 지극히 거룩하고 아름답게 핀 꽃 샤론의 꽃을 곧 예수에 비유하고 있다. 그러나 장은경 시인이 샤론의 꽃 예수가 되고 싶다는 교만의 이미지가 아니고 수선화처럼 아름다운 꽃이 되어 주님을 아름답고 겸손하게 잘 섬기겠다는 신앙의 의지가 승화 된 작품으로 봐야 할 것이다. 나도 아침 밝히는 샤론의 꽃 되리/로 표현하여 북이스라엘 한 샤론 평원의 아름다운 수선화 한송이 생명의 향기로 아침을 밝히듯 밝혀 주님의 사랑 빛을 힘껏 드러내겠다는 장은경 시인의 반석 같은 신앙심이 담긴 작품인 것이다. 이밖에도 장은경 시인은 〈봄꽃 여인〉에서 개나리, 진달래 같이 아름다운 희망의 여인, 코스모스 같은 〈가을꽃〉으로 검소, 소박, 청초한 꽃이 되고 싶다 하여 봄과 가을에 조화로운 꽃 여인이 되고 싶다는 아름다운 자기 여성미를 인격적으로 보여 준다. 그리고 시인은 〈성에꽃〉, 〈그리움〉, 〈오랜 외로움〉, 〈사랑〉, 〈님의 나무〉, 〈연인〉, 〈길〉 등의 작품에서 우리나라 전통정서와 사상이 되는 임사랑, 그리움, 외로움, 기다림 등의 주제와 이미지를 부각시켜 오늘의 현대 감각적인 시세계를 잘 보여 주고 있다. 신앙시인 장은경의 대표 신앙시로 〈등경 위 등불〉을 보자.

꼭 있어야 할 곳에/ 꼭 필요한 때에 없을지라도/ 우리의 삶은/ 육으로만 채워지는 것 아니니/ 영적인 안식처/ 영원히 거할 곳 생각하니/ 외롭지만은 않다/ 외로움은 젊음의 한 조각/ 친화력으로 승화시켜/ 등경 위 등불이 되리/ 온 세상이 나로 인해/ 조금이라도 환해진다면/ 그 분도 기쁘시겠지.

-〈등경 위 등불〉전문-

위 신앙시의 사상적 배경은 신약성경 마태복음 5장 15절에 있다. "사람이 등불을 켜서 말 아래 두지 아니하고 등경 위에 두나니 이러므로 집안 모든 사람에게 비춰니라". 이 성경의 사상적 배경이 시의 창작 동기요, 복음 전파를 등불처럼 밝게 멀리 하겠다는 시인의 신앙심이 시

속에 뜨겁게 불타고 있다. 전도사명을 잘 감당 하겠다는 장은경 시인의 믿음과 의지가 굳건해 보인다. 시인은 모름지기 한 시대나 나라의 선구자요 등불이 된다. 장은경 시인은 온 세계 복음 전파의 등불로 그리도스도의 사랑의 빛을 잘 비추고 싶다는 바램이 담겨있다. 이밖에 신앙시로 인간의 탐욕, 정욕, 물욕을 떠나야 하는 시작품으로 비우려면 끝가지 비우자/ 중간에 돌리면 아니 간만 못하는 법/ 속더라고 끝까지 믿어주면 신뢰를 얻나니./로 시의 뒷 연에서 〈비우자〉작품을 밝게 형상화했다. 속에 든 온갖 욕심을 다 버려야 믿음의 정결한 마음으로 채울 수 있는 것이다. 깨끗한 마음에 하나님의 축복이 있다. 〈주홍 죄〉, 〈그 세계로〉, 〈진리가 너희를〉, 〈하늘 언어〉 등 작품이 신앙시로 은혜로운 작품이다. 〈밥 먹으러〉 시작품은 효의식이 강한 작품으로 강원도 태백에 사시다가 85세로 별세하신 아버지의 그리움을 정감 깊게 잘 엮었다.

장은경 시인의 시 세계를 요약해 보자.

첫째, 꽃과 시인의 동화된 물아일체의 꽃 이미지 작품들이 산뜻한 주제로 함축미, 감각미 있는 정서와 사상으로 잘 창작되었다.

둘째, 독실한 기도와 신앙 중심의 신앙시 전체가 내용과 형식이 조화를 이루어 독자의 가슴에 훈훈한 믿음의식을 심어 주었다.

셋째, 우리 전통정서인 임사랑, 그리움, 외로움, 기다림의 주제적 정서가 감각적 이미지로 작품 구성이 탄탄하며 미적 시정신도 돋보였다.

넷째, 모든 삶의 체험을 형상화 한 시작품들이 비교적 간결한 시 형태에 간결미를 보이며 시의 미적 조화가 아름다웠다.

2021년 1월

송골 서재에서

나가는 말

사랑하고 싶었습니다. 사랑 받고 싶었습니다.

상상 속에서 늘 끊임없이 아름다운 사랑을 꿈꾸다가

진정으로 사랑을 할 분을 만났습니다.

그 분의 사랑이 있었기에 그렇게 갈구하던 사랑이 탈선하

지 않고 있어야 할 저의 자리를 잘 지킬 수 있었습니다.

절망의 순간, 절망의 시간들의 있었습니다.

묵묵히 견디었습니다. 견디는 줄도 모르고 견이었습니다.

8년간 미용실에 가지 않고 머리를 종종 두 갈래로 땋고

재활용에서 옷을 건져 입기도 했습니다.

그래도 빛이 난다고 했습니다.

매일 그날 살아갈 만큼의 분량으로

그 분이 그때마다 보내주신 '희망' 때문이었습니다.

어려울 때마다, 홀로 눈물 흘릴 때마다

밤새 쉬지도 않고 주무시지도 않고 달려온 그 분의 사랑
이 저에게 삶을 포기하지 않도록 희망을 안겨 주었습니다.

어쩌면 기본기도 부족한 시인의 바램이 있습니다.
이 시집을 읽는 모든 분들이 무사하게 살도록
각자에게 필요한 '희망'이 가슴에 배달되기를 소원합니다.
그리고 행복하길 축복합니다.

막 도착한 택배, 희망

1판 1쇄 발행 2021년 2월 8일

지은이   장은경
발행인   조은희
발행처   아토북

등록   2015년 7월 31일(제2015-000158호)
주소   (10261)경기도 고양시 일산동구 성현로659번길 143 103-101
전화   070-7537-6433
팩스   0504-190-4837
이메일   attobook@naver.com

* 값은 뒤표지에 있습니다.
* 잘못 만들어진 책은 구입하신 서점에서 바꾸어 드립니다.

ISBN 979-11-90194-02-0(03810)

ⓒ 도서출판아토북, 2021